保密到家

◉段戎／著

聯合文叢

626

目次

時區 II GMT -5

時區III GMT +8

〔推薦語〕

世界末日就要來了

伊格言

YouTube 上有個日本節目為我們科學分析了關於「聖誕老人」這件事：這世界上，扣掉伊斯蘭教、佛教等其他宗教的小朋友們，聖誕老人的馴鹿隊要在平安夜當天如期送完所有禮物，必須帶上八十七萬噸重的貨品，在地球上空以秒速一千公里飛行；是以隨之產生的音爆將造成地表幾乎所有事物的毀滅。結論：平安夜，即是世界末日。不知為何，讀《保密到家》時，我總想起這認真無比的大型冷笑話。這並不意指段戎的詩有多好笑——我的意思是，人類虛構了關於聖誕老人的神話滿足自己對美好世界的想望，是以此刻，對這想望的破解與除魅（其方式如此靈巧可愛、既嚴肅又好笑）令人如此悲傷。像詩人的〈平安夜〉：「能到我這裡嗎，帶上一齣雪／和一行李的罐頭笑容／街燈忽明忽滅／那些黏在一起的影子／都尋不著更好的光／（還是你就是更好的光／只是不願再為人發亮？）」，或〈乾旱〉：「我聞到自己消失的氣味／那樣深而遙遠／／光落下以前／孤獨先落下了」——甜美、哀愁而深情，一如置身廣漠雪原，凝視聖誕老人未曾存在的深藍色夜空，直至其穹頂最深處。又比如〈重逢公式〉裡埋怨無緣的愛情：「偶爾可以比較親密／耐耐心心，將過去的影子補齊／親吻對方肩膀的春天／和夢裡的陣雨／告訴對方：／曾在同個扉頁裡／就無謂分岔的結局」，雖則似乎押韻太重，但一面甜美、豁達而優雅，另一面卻無可避免地露出了傲嬌的模樣。我喜歡這些精準、舉重若輕的詩句，無比驚訝它們竟出自於一位未滿二十歲的年輕詩人筆下。我非常擔憂，這是明明白白「天無照甲子」了啊，世界末日就要來了吧。

〔推薦語〕

我看見你眼睛裡的祕密

陳昭淵

第一次見到段戎，我根本不曉得她年紀這麼小，因為從她直率、明快的對話中，感受不到一絲絲面對陌生人常見的害羞或不自在，她的談吐隱約流露出一種社會人士的篤定與自信，稍微深入聊天後我才知道，她剛剛完成高中學業，並且幾天後要飛去世界的另一端。

每當認識比我年輕的創作者時，我常常會想，自己在他們那個年紀都做了些什麼？為何當我每天還在課本上用螢光筆畫線、想著放學要去哪裡虛度光陰時，她已經出版了自己的第一本詩集？這真是名符其實的「青春的詩篇」，在青春濃度最高的十八歲，提煉一罐自己的墨水，裝入粉色瓶子裡，用有點甜又有點狠的方式，寫下最直接的心情，就像她說話的方式一樣：清晰、敏銳、明確。我猜想她一定是比同樣年紀時的我，先看見了什麼，才能顯得這樣早熟，但過去的事我無從驗證，我只能確認，她現在正在另一個國家，看見我這輩子不會經歷的世界。

遠離熟悉的環境能打開我們的眼睛，這就是旅行的真諦。

在異地生活，要重新學習原本已熟悉的事物，彷彿人生重新設定再重來，這是重生也是被迫降級，這是擁抱自由也是一無所有。詩集用時區切割了不同的段落，建構出明確的此與彼，這裡的我、那裡的我；當時的我、現在的我，彷彿用刀將自己的生命不斷切片，再透過書寫去分類、觀察、分析。過程中，她必須張大眼睛緊盯著這個新世界，確認自己哪些部分正在新生，哪些部分就要死去，這些無數錯落的自己，不停掉入時差的縫隙中，這是我發現她隱藏在成熟外表下的祕密。

很高興能接到來自半個地球外的邀請，讓我能搶先讀完這本亮眼的詩集，裡面閃耀著我憧憬的勇氣和遺失的星星，當然也有家鄉長長的背影。她說這本詩集中的思念必須保密，我也不宜在此透露太多消息，但我想邀請你，一起調整時差，降落在她的經緯規則中，透過她的眼睛，再閱讀一次這個世界。

〔自序〕

We Only Live Once

數不清曾有多少個晚上被未來嚇到睡不著了。

我想哥倫布還是麥哲倫等人，應該都不像歷史課本裡描繪得如此破釜沉舟、勇往直前吧。出航是一個概念，離開和告別又是另一個，我們太容易忽略其中之一，錯把所有出航都當作承載著歡樂和期待的旅行，忘記旅人也會害怕，也會寂寞，也會在三萬英尺的高空想著地面某一角的家。

當不甚熟稔的人對於我出國讀書的計畫展現出祝福和（偶爾的）欣羨時，我不會告訴他們我很害怕。對我而言，這樣的害怕太過難以啟齒。這個時代多少人正在移動，多少人想移動卻沒有本錢，我有什麼資格害怕？當所有人都在說「YOLO」（You Only Live Once）或「世界這麼大，我想去看看」時，戀家成為一種不勇敢，成為一種安於舒適圈。

「我不能害怕」——每天都這樣告訴自己，也每天都意識到重複的失敗。十八年來沒有真正離開過方圓五十里的場域（fun fact：我出生的醫院離我小五遷居至今的家走路只要五分鐘），突然要我飄洋過海，到一個語言、氣候、種族比例、風俗民情，甚至連生活慣用單位都不同的地方，我沒有自信能好好生存，更別說好好生活。

同時，我體內又存有一些（該死的）悲觀和感性，記得高中暑假最常和朋友談及的話題不是「我一定會客死他鄉」、就是「我害怕變成沒有家的人」（所幸回顧的當下這兩者都尚未發生）。

我很害怕。但是這些害怕基本上都是要保密的。它們漸漸地變成像是隱疾的存在，一點點滲入我：吃飯的時候，搭捷運的時候，畢業的時候，和友人相約的時候。我找不到出口。我只能寫。我寫下的文字開始有了生命，在那個脆弱的夏天，它們經常和我說話。想哭的時候，迷惘的時候，恐懼的時候，懷疑的時候，我追回更為悲傷的昨日，然後發現每個今日都沒有昨日想像得那麼糟。

漸漸地，我不害怕了。我開始知道如何珍惜「擁有未知而全新的未來」這個禮物。我也知道，那個未來不會殺死我舊有的一切，因為我一直寫著，一直與昨日的自己繫著。

後來我每天早上都帶著目標醒來。

夏天的最後，我選擇到台灣不同的地方走走。探索一個待了十八年，卻因為從未想過離開，而從未用心認識的地方。我訓練自己面對小小的告別，雖然每次揮手之後都會再偷偷回頭一次。我自己訂機票、跑簽證，填寫學校交代的表格。同時我也造訪舊人舊地，把珍貴的照片、上課傳過的紙條、好幾本腰斬的日記蒐集起來，勉強整理成一個「舊日的我」。

「離開」驅使我面對現在。原來我從未好好溫習過我擁有的一切，原來我比自己想像的還要富有。

漸漸地我也開始說「YOLO」。因為我們都只能活一次，所以我們都要坦然地在自己生命的時區裡往返。把過去的自己帶上，前往永遠無法篤定的未來。

我們都可以害怕，都可以寂寞，都可以在飛機上重複播放 Gabrielle Aplin 的

〈Home〉，但我們也都終會找到某種方式拼回自己。

無關移動或停留，無關世界的跨度，我們都只能活一次。所以請允許自己好好走丟，只要家的位置依然清晰於心裡的地圖。

保密到家

半個地球，半日時差，
我的思念都必須保密，一直到返家……

輯一

時區 I

GMT+8

必須出生兩次

必須習好語言兩次
必須聽懂暗喻兩次
必須學會認路兩次
必須分辨季節兩次
必須適應飲食兩次
必須習慣貨幣兩次
必須成為社會裡不被懷疑的一份子兩次

分類

該帶走的東西：
那裡沒有的東西
例如我

該留下的東西：
那裡不缺的東西
例如我

成長痛

我一點也不想不知所措。

會說無知是種美好的人，想必是對日子太有把握了吧。知道再無知、再無能，都還可以生活、可以蹉跎。

曾經我也是這樣，任由自己愚蠢，不假思索地飛行，從來不在意方位。不可惜飛落的羽毛，或壞掉的巢。

這樣的自由，無知的自由，必須在離開故鄉前完整地死去。

離開故鄉意味著什麼？

你不能再幸福地無知下去了。一無知就會死，或是生不如死。這裡沒有人給你靠了，沒有人陪你幫你了，也沒有人會再聽你對人生發下的、一個個近乎漫天大謊的誓了。

這裡，你只有一個容易丟失的自己。

你必須知道每一個細節、每一個漏洞、每一個陷阱、每一個傷口。

你必須言之有物，才能贏得別人的友善。

你必須游刃有餘，即便心裡明白其實花費多大的力氣。

你必須不能任性，成長帶來的劇烈痛苦，包括妥協、包括思念，都要一概承受。

你也不能再說大話了。

好好地、老實地說出口吧：

「我一點也不想不知所措。」

我必須把你填進來

我必須把你填進來
請別往情色的地方想
雖然
我們的心靈確實交媾許久

我必須把你填進來
在一本多年後
便成為垃圾的行事曆
我們長久以來的性事
還是必須有
堪稱高潮的時刻

我必須在離開前把你填進來
在海嘯發生前
必須和你親吻

這樣的喘息不能有
任何空白
必須一夜接著一夜
直到你們的臉模糊　交融
讓這個賴不了的床鋪
不那麼具有誰
無法取代的體味

我必須在永別之前把你填進來因為
再也沒有更好的選擇

視相愛為日常的傻子之間
沒有不痛的
變心的方式

如果有天我
在別的土地看見你的影子
代表我們相互填補的日子裡
從未虧欠彼此
即便那些廝磨都已經過時

時

你夜晚了我的車窗
我駛向你的晨霧
各自夢裡
折疊著情話

偶爾糊塗
以為我們是同個太陽
只是當你甦醒
我正離去

我們之間只剩光在穿梭

你的笑容總使萬物靜止而我
取得太多直至
賴以生存
好嗎？此時我們不談死亡和
更更遠的將來共要
瀕臨幾個崖邊與岔路
此刻我只想抱抱你讓我們之間
只剩光在穿梭

然而切割也是光速的
甚至秒針都不足以察覺
時光的波紋我們終將沖散

倘若有幸睜眼
能想到最為浪漫的事情
仍然只是抱抱你讓
我們之間
只剩光在穿梭

或許那是另一種萬丈深淵的黑暗
在以為緊密到不透氣的依偎時發現我們終究不是
毫無距離
即便最渺小的單位都結合了光
也依舊穿透過去
這是一種暗喻吧
我們之間
果然
還是有之間

乾旱

我聞到自己消失的氣味
那樣深而遙遠

光落下以前
孤獨先落下了

原以為是閃電　近看才發現
是你側過去的臉

我這裡的土壤還沒開花
你在遠方遍地盛放

天下

「他發現孤獨的人／都在離家不遠的地方」——陳昭淵〈迷路〉

依然是同一個四季
而導航已經失靈
迷路不分彼此
喝同一罐眼淚
寫昨日的秋天

然後長大
然後走上殘障坡道
對陌生人友善

修理電話
走失在最熟悉的地方
沉默所有問答

太陽斜射進我的腸胃
在無人造訪的巷弄蒸發
如果明天就要死了
你能不能說出真心話：
「我們，
無以為家。」

來呀，驅趕我呀

我的悲傷是廉價的人工羽毛
竄在你的呼吸裡
都嫌癢
但我天不怕地不怕

辦美簽時

要收手機
所幸我帶了詩集
至於等候間的其他人
都停止呼吸

（等等　難道我來到了停屍間）

其實也不意外
城市裡
對於如何和自己相處
大家已經忘記

及時即時

一切都得及時呀。

我開始非常珍惜和你們講電話的日子。

對於必須在白天時看見你們的黑夜、在甦醒時間的短暫交集處長話短說、在生命的時差幽微至時針的尺度，對於這些種種，我感到很是悲傷，即便只是想像。

我喜歡有事沒事打給你們，聽到我們還使用著同一種語言而感到安心。

在分秒必爭的倒數裡，我反而喜歡這樣悠長的時光，只要讓每句對白都不疾不徐，便能佯裝來日方長。

我喜歡說很多廢話，為彼此的生命進行美好而必然的折損。我想做很多無法再更加平凡的事情，把告別一起慢慢晾著。我最喜歡在掛掉電話之後與你們共同驚呼：竟然不知不覺聊了這麼久。

我想要浪費，大力地浪費，直到把對方都歸零，直到說不出任何重要的話，我就可以和沉默一起離開。

離開後，我們就無法把彼此看得如此即時了。

若神燈出現

1

我們可以不必說再見
不必走到崖邊
測量生還的風險

2

我們可以不必提及永遠
它就躺在腳邊

安安靜靜，不會走遠

3

我們可以不必摸黑對望
因我生命須及的所有遠方
都有你的光亮

真情

當我們安靜
思考更遙遠的意義
關於如何相遇。於你
有些結永遠盛開
沒有更好更清晰的結局，也沒有
更不堪更透澈的恨意
我們只是愛了然後
愛到了底
愛到失去自己

我們擁抱，交換

更深層的呼吸
我伸出觸角把你刺過一遍
看你滿地汁液，心裡歡喜
催眠意識並深情吸吮
不會再有更明白的方法
愛就是相互懷疑
相互試探再
相互一意孤行

等到必須遠離
告別誕生的島嶼
沒人告訴我們痼疾如何處理
如何把別意包紮得
滴水不進

我們終於是無法換氣的鯨
擱淺異處的夢裡
若還有最後一口氣一句話可以說清：
「我會一生想你。」

請別和我闊別

請別倒數時間
請別說些鄭重其辭的話
請別給我一個唐突的擁抱
（如果已經這麼做，請別將我推開）
請別無端想念
請別戳破名為再見的謊言
請別比我還早哽咽

注定

飛上天空
之於地面
是種墜落

無處

偶爾想到那名為家鄉的概念
都會迷路
這時所謂的太過年輕
變成一種缺失

舊的世界會了無生息地走
還是形狀清楚地潰爛？

會不會有天
我連一個生活的詞彙
一則舊日的故事

一杯茶的飲法、一朵花的綻放
一季超過三十度的夏天
都懷疑半晌

會不會有天我回來
只為發現再也回不來？

今天是八月一號

今天是八月一號
適合彈彈吉他
你七月做了什麼
是否有想起他

今天是八月一號
夏天的高峰、暑假的中端
颱風快來了，別如此平靜呀
我們要去山間、去小溪
去城市的網咖
去點一杯時光

去看書、去打獵
去做所有如果這是最後一個假期
你會想做的事

今天是八月一號
我作了一個夢
關於我走的那天你在做什麼
夢裡你安靜看著我
隻字也沒說
讓我像夏天的風吹過額頭
（我應該有偷偷親吻你吧）

今天是八月一號
沒辦法陪你度過九月一號

十月一號
或更遠的一號了
讓我們用面對音樂會上
最後一首曲子的心情度過吧
安安靜靜
掌聲響起
觀眾散去

鏡中

直視你的後腦
透明至時間穿過
我的身體正在老去
你始終是新的
所以未來停在此刻
沒有任何喧譁的預言

你的手臂貼著我的
共行了千言萬語
那裡的陽光還燒著呢
皮膚原來有好幾層
雲終會碎裂

天空養不起永遠

我還是抓不住光
成為不了一個
忘得了家的小孩
生命的起源之於被拆散的人
是一種刑具
讓我們生，和死

有人告訴我
地球是圓的
時差只是某種睡眠的錯覺
而我一直醒著（你呢）
飛鳥把我的聲音帶去了
在那個轉角的鏡前

憂患與安樂

異鄉讓我詩性大發
可我只想當個文盲

旬

說再見的時候，想起初見的日子，陽光都是新的，此時站在潮濕的風裡，說不出矯飾的話，甚至說不出保重。

我們相伴了彼此好多日常，這件事我曾察覺過兩次——第一次是我開始把你放進心裡的那天，第二次便是此刻。中間恍恍惚惚，卻也踏實幸福。平時總是不相信浮生若夢，然而面對著這快到令人啞口的時光，我竟想不起對於緣分，我們究竟努力過什麼、又換來了什麼。

或許下次碰頭，我們會擁有新的靈魂，養出了一部分對方無從參與的自己。但我依舊願意相信，我們曾在彼此身上留下掌印，安穩保存了之於彼此，最熟悉而限定的「我們」。無論何時重述，依然近如昨日，依然遠如永久。

屆時我大概就會明白了，這場長長的夢是因為什麼而美好的。

我憎恨你

我憎恨你
膨脹的自信和
過曝的笑
我憎恨你的黑暗面
你的祕密
你的疾病與
治療自己的偏方

我憎恨你被愛
也憎恨你被厭惡
我憎恨所有你愛的人

所有你恨的人
我憎恨你安身立命
也憎恨你的每一場冒險
我憎恨你所信仰的來生
憎恨自己去想
來生裡是否有我

我憎恨你
我憎恨你豢養的
那麼好的你
我憎恨你的富足與匱乏
我憎恨你的離情或瀟灑
憎恨你不發一語
讓我離開

也憎恨你埋藏的悲哀
我憎恨你讓無情的土地成為家
也憎恨你
不願成為我的故鄉

自我對話——給未來某個寧靜的下午

每天我們必須活得離理智
近一點
不時之需，例如
深邃的夜色與眼睛
沒來由動情
差點掉進
也不洩漏天機

剛踩進的窪裡有一把利剪
我雕塑你
對於太長的告別不再過敏

太短的告白
不置腹推心
成為這個敏感季節裡
最合時宜的那種人
不流行
亦不會過氣

天氣時雨時陰
回憶終究不定
有人自己長大，也有人
四處憑依
如果可以你必須高舉雙臂
喚回自己的眼睛
自己的呼吸

自己誕生自己
再自己死去

等到某個無人經過的雨季
我會等你
等你臨終的一曲
陽台斜倚
勇敢的天氣勇敢地放晴
糾纏的城市無所掛心
終於我，承認我們的相遇
承認所有重疊的命運

證物

與你們的故事像陽光
一來到這個飄雪的城市
只剩皮膚上的色差

別回頭了

親密有時而盡
對於永遠
我們也沒那分耐性

後來你成為我的家

後來
你成為我的隱疾
若要找到你
就得剖開自己

後來
你成為我的暗巷
光臨無數死角
處處損傷

後來

你成為我的酒精
循綿長話語
就能重回夢境

後來
你成為我的意義
之於存在
與存在的限期

永無島

你那裡有永遠芳香的花嗎？我說
不會凋謝的那種
我願意延展自己成為土壤
讓淚水回家
沒有人的地方才是
最熱鬧的地方
如果和夕陽一起睡著
會不會夢見晚霞

我可以靠自己的魔法飛嗎？頭上
不需要牽著隱形絲線

一手抱稻草人一手
捧著受傷的小鳥
我要帶他們去天空最高處的城堡
據說那裡可以治好所有
看得見看不見的傷口

你說過這裡的日曆都不用換，是嗎？
只要好好執起手
讓愛過的句子循環播放
就不用穿上雨衣
長大是一片烏雲
我們永遠往返在晴天裡吧
這樣說著的時候
你眼裡已經流出彩虹

小調

我看雲而雲
也在看我
我走進山裡山
也走進我
我想家時
家也想我
我不想家時
家更不吝嗇想我
我捲進霧裡
心裡陽光
這樣抵達遠方

風塵僕僕而
了無塵埃

台灣時間：二〇一七年八月二十二日

我應當離開
滿口陌生言語
把傷心收好，抬頭挺胸
如果有人問起
就嫁禍於命運

我應當頭也不回地離開
讓風景成為老舊的字典
奚落誤讀的歲月
讓自己不再方便查詢
靜靜躺成一部絕版的作品

要為愛過的人和
無法複製的吻流淚
要記得很多時候之所以辜負
是因不曾坦率地哭

我應當不發一語地離開
詩都別給人看
自知無法嫁禍命運而衰老
指南也僅在夢裡有效

我應當，不
真正離開時
我再也說不出任何教條
（其實心裡是那麼明白）
我只能讓命運拎走
隨後忘記回家的路

輯二

時區 II

GMT-5

小鎮

有風的晴天
路筆直如人群的語言
不須費心彎繞
快門不停　漢塞爾的麵包屑
追向來時的每一條街

這裡最潮濕的
是商場的冰櫃
水果鋪成彩虹橫越
長大的台階
路由此展延，我揀選
合身的折扣與

實用的夢

天空寬敞
不必被誰迎頭撞上
街燈明朗如家
循著站牌找回失物
包括記憶
和閉上眼睛時
裡頭跳動的你

即便殊途、即便迷路
即便都市的時間總比小鎮
快一點
我在這裡慢慢地走，慢慢地
把世界捲成一只皮箱

既然遠方無法抵達

所以我周旋在湖邊
等待時差之必然
心事之隱匿
胸口的天色暗去
沒人懷有睡意
能說出口的都
不必提起
至於重要的只能成為偶然

所以我爬上山丘
有關未來不比此刻遼闊
底片滾起沙塵

恰巧一粒飛進眼神
再也看不清楚一棵樹的性格
與夢境的顏色
我在流淌的時間裡靜立
希望揉進餘暉

所以我執著遠方
執著畢竟無法真正抵達的
所有方向
自向晚出發，一路歌唱
睡在夜色摒棄的窗
練習不被造訪
也描繪陽光。即便虛構
也不為此悲傷

剩餘

若是睡在無處掛念的城市
就連寂寞
都很零星

＊有個老故事是這樣子的：上帝創造了世界上第一個人，發現他不夠孤獨，於是給他創造了同伴。
"God created man and, finding him not sufficiently alone, gave him a companion to make him feel his solitude more keenly." —Paul Valéry 1871-1945: *Tel Quel*

來到了九月一號

我說，九月了
舊日依然燠熱，如同
步履蹣跚的夢境
無處降落也
無處飛行
我在這裡將日子越過越濃
直到像顆發霉的橘子
終究不敵秋季
和嘆出的霧氣

九月了。我們得開始打算

如何把月亮收進口袋
拆一半吧，和時間一樣
分享同個概念
卻不解彼此的語言
我們都願意沉睡，只是無法
搭上一個班次的火車
知曉終點
只是各自抵達

九月一號，而你兀自向前
所謂的因緣際會所謂巧合
都遠比長長的一生
更加空曠
我們都結束等待吧。結束不會重疊的路途

結束夏天和雨水
和自由奔跑的海邊
結束各寫一半的詩，即便
只欠一個句子

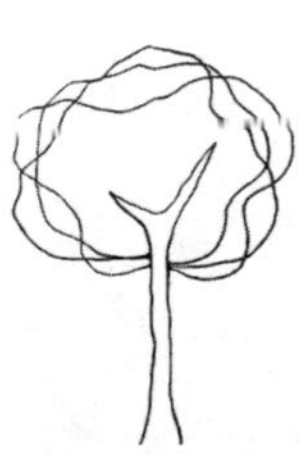

告別的真正意義

願活成某種你
錯過的風景
請勿踐踏草皮

攫取一點無情
和眼角的濕氣
把過往倒進海裡

留住我們很好的曾經
留不住曾經很好的我們

長夢

忽然看見光
忽然觸到別人的手
忽然停止墜落

不都是這樣等候的嗎

等候放晴
等候往返市郊的公車
等候上課、等候放學
等候假期的球賽、明日的菜單
等候步伐的間隙
與隙裡的夢境
等候長長的午覺
領完艱難的夜晚

等候來日的早晨
尚未梳洗的自己

經過時間磨出安心的房門
等候室友的天氣預報
單位的慣常
有時還得等候電梯
或等候飛鳥
在鞋裡築巢

等候親吻的勇氣
等候酒精、等候法律
等候連續劇關鍵的一集
等候日子哪天
也能演成戲劇
等候天空顏色的濾鏡
等候星期四

與好久不見的訊息

等候日曆
等候倒數計時
等候月亮長出熟悉的臉
季節巡迴後的氣味
在潮濕的廚房
等候火候，把鄉愁煮開
等候不會掉落的米
或任何淚滴

等候哪天在電話裡輕輕地對人說：
「等候你像等候蝴蝶
等候回家像等候煙花」

不是現在不好，是過去太好了

我很好
不太常想起家
人們一旦缺氧
才曉得大口呼吸

我很好
只是體內一半的時間暫停
一半高速進行
脆弱時候
容易從裡面分裂

我很好
還聽得懂人群的話
除了流竄眼神裡的隱喻
漸漸學習不去懷疑
讓日子無機

我很好
我真的很好
相當記得生存的意義
記得某場失溫的煙火
也記得飛行

曾經我也想過一了百了*

也不是認真想過結局
只是一路所求
都已入冬
每每一無所知
便更貪圖氧氣
少年的溫度，或
關於死亡的其他祕密

他們祈求自然
困住我的地方
沒有海鷗或杏花

知道可以去向何處
但找不到人陪我逃亡
「必須趁早出發」
「我都知道、我都知道呀……」

繫緊的人
都是不太愛的人
追逐的背影老走向虛無
終於不介意原地踏步
焚燒夜晚，像易開罐
尋一頁唐吉訶德
就這樣老去吧

後來，遇見你

初生的陽光抱住渾沌的雪堆
所有意念年輕了一遍

＊詩名引用日本女歌手中島美嘉的第三十八張單曲〈僕が死のうと思ったのは〉之中文譯名。內文之「少年」、「海鷗」、「杏花」、「我都知道」、「繫」、「唐吉訶德」取材自歌詞。以本詩敬——這首偉大的歌，和開學兩個禮拜每日以之為精神寄託的自己。

走到這裡

鬼抓人
人抓鬼
醒著活著
都是場遊戲

保護不了
逃避不了
把嘴巴張開
呼吸閉緊
要成為亡靈
得先熟悉地獄

不再有什麼好叮嚀
自此歸零
所有規則摸索著訂
如果保不了第三條命
就自己創造遊戲

近況

把路牌和彎道數好
熟記地下室的味道
喝一個品牌的飲料
微微笑就忘記家

找事來忙
行經的路倒反著闖
導航一切正常，而我
不知何謂去程
何謂來向

必須站在某個地方
為此不斷奔跑
心有了自己的脾氣
夜晚擅自蜷曲
味覺和指甲已然遲鈍
頭髮與背影一樣
越拉越長

如果有一件事可以祈禱
我希望是
一轉頭
就把你忘掉
包括無法寄出的雪花
震耳欲聾的音箱
某夜爛醉的話

入秋的十月一號

到了糖果的季節
簡單的秋天
還沒有蝙蝠，日子已然黑色
原地就坐
生成一片掉落的青春

迎面一陣適合想念的風
過去的潮濕越來越濃
覆蓋毛衣和
牆壁斑駁的語句
「我在等待的人在另一個人的夢裡。」

馬蹄聲更近了
清晨的鬧鐘扮演火車鳴笛
要出發，或者留下
都似老歌般的情非得已

最好的告白在十月的眼裡
大概就是：
「臨行前
請讓我為你上漆。」

⑴ 於 10.19.2017

在宿舍度過四十幾個晚上，總是驕傲地跟人說：

「我的房間有兩個窗戶，採光很好。」

然而我忘記了，我的世界是這麼地小：一放晴

就光亮滿際，下雨就昏天暗地。

我的世界裝不下變化。

(2) 於 10.26.2017

確實我現在沒有那麼孤獨。

某一部分個性變了很多，卻也與原本的自己共存得挺好。只是一方面變得很遲鈍，經常什麼都感覺不到，也懶於解讀自己和別人的行為，總想著別人怎麼看我都和自己沒什麼關係，反正大部分都是過客。自尊還是一樣高，也一樣討厭任何形式的欺騙，但轉念一想又覺得都與我何干，別人有自己幻想的世界（以及對於世界理解的方式），我也有。不互相傷害就好了。

或許還不夠成熟吧，偶爾衝動起來還是會想幹些白癡事，偶爾對於現狀無法忍受。但畢竟是自己一個人哪，世界太大了，隻手無法調整，只能越來越接受生活即生存。成為一個大人，那是什麼呢？收起真心，把路走好，學習政治止確的語言，晚上很難過的時候不哭而是吃兩顆安眠藥。

混亂了兩個月，想累了就躲進書堆、躲到圖書館、躲到任何能躲的地方。然而日子還是進行，偶也有值得開心的事（例如考上桌球隊！），至少現在校園裡必須去的地方，我都沒有再迷路了，那也值得小小地喝采一下吧？

模樣

他們說，成為正常
好過成為你
成為天空好過成為雲
世界一貧如洗

我還在這裡
研究打開窗子的辦法，研究
生氣的辦法

所有路只通往一個方向
半路醉了，他們扛你回家
「這樣就正常了嗎？」

他們不肯回答
世界慢慢聚攏，成為圓弧狀
你邀我歌唱
直至不想逃亡

不要生氣。這裡什麼也沒有
和他們眼神一樣
我心底下雨、車流混亂
街燈兩相碰撞
世界總是這樣
沒有人哭、沒有人說謊
沒有人停下來看你、看我們
潰爛成雲

皮影戲

睜著眼睛的時候
說睡不著
說愛你
說下一場一起的飛行
閉上眼睛的時候
說夢
說分離
說你身上時間的剪影

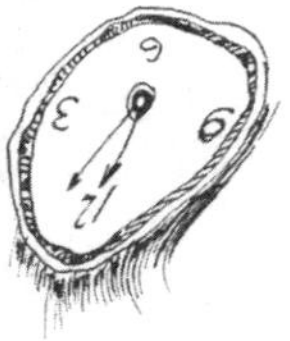

hangover

後來也都不足為奇
關於丟失姓名
吻一個人必須藉助酒精
生活成了盛大
而空心的花苞
隨人住進
也任憑離去

原地起降
呼吸是唯一的引力
今早還燦爛的眼神

向晚逕自流離
這裡過分的霧氣
張口大笑
便看不清楚你

然而時間或其他原因
終會使人清醒
像碎石摩擦大氣，死去
或成為流星
我只希望還在你的夢邊
面向窗，背對著你
你點起一口菸
就點起黎明

⑶ 於 10.28.2017

即便在同個時區裡，也有各自的暗影。

或許是念了社會學的緣故，現在總是不由自主地拆解看似再自然不過的人際互動。人際關係，終究是一場表演，真實與虛構是流動的。誰表現了哪部分的自己，你不能說他虛偽，也不能說他全然誠實。社會互動的本質是生存，我們傳遞的訊息、行為，都為了找到自己生存的角度，無論是在他人眼中，還是在自己心裡。

我始終不相信有任何關係是全然無私的。當我們討論關係，我們同時也討論關係的目的。所以我們無法置身事外，也無法否認我們花在別人身上的力氣，一部分是花給自己。

然而我不禁想，在這樣近乎相互汲取的關係裡，我們到底獲得了什呢？我們一生平均認識的一千七百個人裡面，每個人都只掌握、只識了一部分的你，就像瞎子摸象，真要討論起來還可能各執一詞。

你自己呢？你又認識自己嗎？應該說，你費盡心力擠進的人群，有你更通往了解自己的目標嗎？到頭來，你所「汲取」的是什麼呢？人又能從你身上獲得什麼呢？

「我在你眼睛裡找不到自己。而我眼裡的，也不是完整的你。」

那裡，這裡

1

那裡恰逢春季
花未落時
我們學不會可惜
轉進巷子，人手一杯
尚未死透的冰
翻過圍牆，翻進夢裡
眉上開著近日暗戀的話題
那時未來還是一行問句

我們也不著急提筆

2

那裡恰逢春季
你們在窗外等我
影子融成一顆太陽
收拾今日，偶有殘餘
跑出教室就成為雲
咖啡使我心悸，所以整個城市
只有糖和奶精
我說我們是螞蟻
不過並肩而行

3

那裡恰逢春季
見你還不需繞路
或干擾時針的運行
我說的迷路未曾真正發生
生命最粗糙的
只是鞋帶的綁法
所謂起伏只是電梯
而成日呢喃的失去
不過暗指那年嘈雜電影院裡
無法與你比鄰

4

那裡恰逢春季
而我們輾轉來到這裡
這裡的雪不夠潔白
肩頭再也沒生出落英
我們領了駕照、換了口音
昨夜騎上的後座
睡醒就忘記
日子是一格格刺眼的藍光
我們承認近視
但不承認愛情

5

其實這裡也偶有春季
尤其春雨，只是我們
已不擅長脫下大衣

採光

「本日天氣晴朗。」
你笑的時候
得以決定世界的形狀
雨了打傘
影子成雙

天氣晴朗，沖泡
不會過季的時光
加一點海浪
鹽度尚好
我在水的中央

等你打撈

早晨的雲不吵不鬧
像極昨晚
夢裡遇見你的心跳
你總陪我迷路
再築我一個巢

明日亦會晴朗
自此不必關窗
我的世界很小很小
你來了
就滿得剛好

末日

有人說過初雪就跟初經一樣疼痛嗎
乾燥的床緣浸濕的夢
不曾走進時空
帽子被日子壓低
脈搏開始荒蕪
其實最怕的不是獨自疼痛

交換雨傘，眼神
同樣無用
你的背影與世界太過相似，它們
都沒有走向我

有天夢裡，我們對坐
你的眼神在說
最孤獨的不是塵埃四散宇宙
是當雪花的稜角
第一次遇見火種

⑷ 於 11.5.2017

今日凌晨結束了日光節約時間，我們之間的差距變成十三個小時，然而我永遠都意識不到我們日夜顛倒。因為我們彼此需要的任何時候，我們都為對方甦醒。

⑸ 於 11.7.2017

習慣成為別人路過的，無論是不是風景。

越來越穩定、心安。很多時候都自己一個人了。自己一個人的時候，世界會變得很大，才明白有時候，關係是自由的反義詞。

孤獨有什麼不好呢？孤獨的時候，不需要想著攝氏公斤公分如何轉換成華氏英磅英尺。孤獨的時候，哪裡都可以是家。孤獨的時候可以學習。孤獨的時候，路過漂亮的地方，可以兀自停下來拍照（拍完了，也不需要趕路）。孤獨的時候，不必被同化或異化，不必強調國籍、性別與年齡。孤獨的時候，孤獨也陪著你。

我來這裡，是來學習孤獨的。

翻譯

我們什麼都說得出口
像愛，像自由
別怕會傷著我
溫度熨燙之前我都先翻譯過
儘管疼痛

語言不通

單行道和死胡同
遲滯或停留
後退一步便掉進黑洞
然而此時你聽，我說
像是揮霍
也像自囚

我愛你的所有面貌

所有面貌，包含
失敗的那種
與你叛逃
種名為我們的花
澆以眼淚，護以手掌
盤根錯節讓美夢長大

將近——不是告別的告別

黃昏近了
距離雪融還有一齣夢
我們擅長把自己清空
把聲音帶走
滿屋一盞燭光
你壓近我向我哀求

影子近了
但孤獨跟在後頭，它說
要讀懂一行詩
只消一個日子

那個日子
我們都沒作夢
我們在廚房
烹煮對方的以後

回家近了
腳步安靜如昔
依然捲不走任何一場清晨
像來時，只把帽緣壓低
像我在你笑容裡行竊
偷走你的外衣
穿在心上
止癢，或確證為疾

無題

你的影子滲入我的日記，以及
路燈下返家的形跡
你比露水透明、比隕石堅硬
穿越我的皮表凝為奇蹟
想和你變老，即便
你眼神常青
不如一起成為神木吧
我願作所有年輪較深的部分

美國東岸時間：二〇一七年十二月十九日

「我在那裡等你」

終於，你成為秋天
我為你落葉
終於遠方登上列車
終於，一個人在未訪的街頭
也能獨自語言
終於清單停止長高
夢境開始縮短
手心很近，有時難以呼吸

我在那裡等你
像靈魂滯留上個世紀，卻依舊
被今日的迷信拉扯
假裝你在這裡
空氣就不會太重了，曬曬被子
細菌指數不高
它們都潛伏在
每個像你的噴嚏裡

這個秋天是否太短了呢
匆忙地換季、上下樓梯
時常認識不全一個人
就開始言情，也時常
在夜裡撿不回自己

代辦事項永遠比意識守時
每每也是與家的電話捎來提醒：
一週即將死去
而未來仍遙遙地活著

然而無關緊要了吧。我在這裡
在那裡，都等著你
像等一齣沒有結局的電影
爆米花重複調味
眼淚反覆濡濕
我等你，從字幕裡
從角色對白裡
從單人票券裡走出來說：
「別等了，我們回家吧」

我牽起你，我們融進空氣
開始長長的飛行

輯三

時區 III

GMT+8

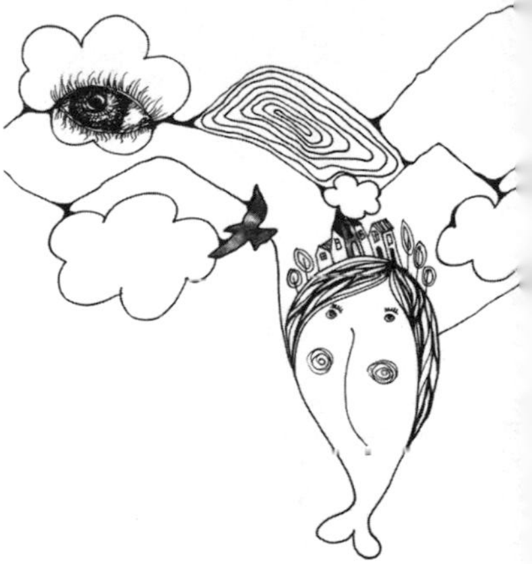

重逢公式

我們習慣
先深深擁抱
交換彼此故事的味道
再來我們大笑
忽略忘記更新的消息
和眼神裡缺失的
共雨共晴

偶爾可以比較親密
耐耐心心，將過去的影子補齊
親吻對方肩膀的春天

和夢裡的陣雨
告訴對方：
曾在同個扉頁裡
就無謂分岔的結局

然而我們不再天真
世界非常擁擠，我們
必須與現實結縭
（直至皮開肉綻也不能逃避）
所以就重逢這一次吧
儘管親密也
無關親密
畢竟我們已各自四季
各自噴嚏
也各自過敏

變

回來其實覺得好累。忙著見不同的人，忙著打量彼此的改變，忙著擔心：會不會眼前的人偷偷覺得我變了很多，偷偷覺得彼此遙遠了很多？

很累，因為時差，也因為台灣的白天我在花時間陪家人朋友，台灣的深夜我在花時間陪他。總覺得要從裡面分裂了，過去三十幾個小時總共只睡了五小時，但是一閉上眼又會忍不住去想：睡著了就要錯過什麼了。

回來，反而不習慣很多事情。這裡空氣比較髒，全身過敏不止。講話變更直接了，或許英文語法偷偷改變了我的思維。打噴嚏時沒有人說「Bless you」，心裡竟然有點奇異感。過馬路時太常忘記在交通紊亂的台北，交通號誌就是一切。

但是很想要笑呀。很想要給每場久別重逢，一個最美最健康的樣子。很想要好好地享受「回家」這件事情，但是最近夢裡都是雪。或許我想念雪了？又或許，我心中「家」的界線，不知不覺從燠熱潮濕的亞熱帶，漸漸往高緯處移動了？

回家很累，離家也很累。不想回來，也不想回去。我是個如此厭倦移動的人，即便在不得不如此的此刻，依然殷切地尋找著一個扎根的地方。

我不知道我要花多久，關於適應移動、喜歡移動，關於練就無視時差的技能，關於把兩處都當成家，而非無以為家。在這之前，請容許我眼裡有一點點疲憊。

平安夜

你能到我這裡嗎
到我過高的領口
窺看昨夜的夢
沒有馴鹿駝著禮物
你就是整場佳音
走失的那個調

能到我這裡嗎，帶上一齣雪
和一行李的罐頭笑容
街燈忽明忽滅
那些黏在一起的影子

都尋不著更好的光
（還是你就是更好的光
只是不願再為人發亮？）

許久不曾相信
白鬢老人身穿紅裝
這是無神（工業）的世紀
即便已知用火
也取消了煙囪
不服輸的你或許還將襪子高掛床頭
準備闔眼，準備
一場純淨善良的睡眠

到我這裡吧

我已空出臂彎
也只有今晚，我陪你天真
陪你祈禱
走調也好、黯淡也好
只要今晚你仍在櫥窗擺上餅乾
我就願意化為明日
你舉目而及的第一個夢

2018

這樣的切割太剛好了
載客以前
先把船打翻
飛行前先把翅膀折斷
許願以前先明白
願望的意義
皆不在實現

假裝從未走遠

擁抱是倉促的
如刺蝟的眼神
愛與尖銳僅是一念之間
風捲走掌紋
忘記如何記年
後來你說
每回來一次
就把頭髮剪短一點
假裝時間不曾發生
想像距離在極小的光譜上流動
各自擁有一片原野

假裝你的秋天落葉之際
我尚未大雪紛飛

我不想和你重頭來過

與一個房間
一個城市
一種氣候復合

與一種語言
一堆零錢
一些舊照片復合

打開電視
兩性專家開示：
「復合像黏回打破的花瓶

不管願不願意
裂痕都是在的」

問

難道走之前都要哭嗎
或是再次相見之際
不懷疑眼淚嗎
但難道要笑嗎
笑的話場面會不會比較美麗呢
難道情緒是工具嗎
修好表皮，那內裡呢
那獨自往機場搖下車窗風吹的頭疼呢
難道落地之前都要禱告嗎
基本上活進一個必須不斷禱告的人生了吧
難道非要走嗎

難道都已經走這麼多次了還在悲傷和懷疑嗎

台灣時間：二〇一八年一月二日

清晨六點，恰好地
梳洗與等待天光
看了一眼床褥
依然懶於整理
拔下插頭、收起眼鏡
坐上鼓起的行李箱子
把憂愁收緊

清晨七點，一個影子
六號櫃檯，學會自動報到
過安檢時盯著「出境」招牌

想著五月
過於濕熱的夏天
十九歲時流浪的眼睛
想著人生一切
出境之後還會入境
入境了也終得出境

早上九點，偷聽旁人對話
關於旅行
和一整趟完美計畫
曾經那樣，即便偶爾失望
此刻只盤算著學分、考試
與再次回家的日期
接上網路，有些喧譁

「走囉」只這樣說
畢竟漂泊。越是如此
越要盡量灑脫

（早上十點，飛機離地
再見台北）

〔後記〕

時間的有效期限

我們有很多個方法可以定義時間。

像是此刻是美國東岸時間二〇一八年一月十七日午夜0時36分；像是這是我第二個學期的第三個禮拜；像是再過一個小時是我的就寢時間，而朋友的貼文昭告了這同時是他的午餐時段。

除了這些相對實際的方法，我們也能拋得更遠。例如這是我還不知道自己會變成怎樣的人的時間。

出國的這段日子，比以往更加意識到了時間的存在、時間的流動和時間的消逝。當我從台灣飛到密西根時，我的生命像是多了半天，飛回去時又硬生生少了半天。我知道出國有許多意義，其中一種是與時差共處。在時間面前保持頭腦清醒是很難的，尤其這個網路密布的時代，我的手機和電腦總比我的身體搶先適應一個新的時區。

有段日子我不調手錶了。我無視人造的時區概念，我讓時間在我身上自然地流動。正如食物的有效期限是如此「人工」而僅供參考，我選擇相信我親身經歷的，那些關於時間的種種，不該被區隔於經線之間。

時間對我而言，變成毫無中斷、也毫無重複的，一個線性的概念。我不羞於承認老去，承認睡眠，承認自己除了不斷被推進之外別無選擇。

然而同樣地正如任何食物都終有一個有效期限（即便可能不是標示於包裝上的那個），我總相信時間也有。我們所擁有的時間總有一天會開始腐爛、發臭、不再新鮮。或許是死亡的那天，或許是迷失目標的那天，或許是失去希望的那天。

所以我來到這裡，一個陌生得可怕的城市，希望能不斷翻新自己，讓時間在我身上盡量年輕。我學習化妝，學習不被人群淹沒，學習和教授打交道，學習正確使用千變萬化的俚語和流行語。我也學習愛人，學習對陌生人微笑問好，學習付出，學習對每個善意道謝。

校園裡必經的路我幾乎都熟悉了，除了越來越冷的冬天，時間還沒有把任何事情變壞。

誰也不知道時間走後，它去哪了，因為它永遠都以新的名字存在。有天愛人和我說，不要擔心分開，因為在分開之前我們有很多很多的時間。那時我想我錯了，時間是沒有有效期限的，我們的生命才有，我們對生命的認真才有。

時間不是拿來懷疑的。時間是拿來把握的。

我們有很多個方法可以定義時間。

像是這是我認真愛人的第一個月又第四天；像是這是我下定決心要拿好成績的第二個學期；像是這是我開始記錄關於離家和返家的所有祕密心事的第七個月

（以及書寫至此終於有了作品雛型的時刻）。

也像是，這是我其實一直都知道自己想成為怎樣的人的時間。因為時間裡的所有關於我的小小事情，都悄悄幫我決定好了——並且只要我認真如昔，它們在我身上就新鮮如一。

銘謝

謝謝爸爸，謝謝媽媽，我會努力不變成啃老族。雖然你們總說要退休後經濟獨立，我還是希望我有閒錢可以孝敬你們。

謝謝詩人李進文先生，每次和您對話都像尋寶。

謝謝周昭翡總編的用心及溫暖。

謝謝編輯尹蓓芳小姐，處理我的事總是隔著螢幕和時差，辛苦您了。

謝謝聯合文學願意成全我年輕又不經事的氣候。

謝謝斑馬線文庫讓我得以被世界查詢，永遠當我的根和後盾。

謝謝群盛。謝謝榮華。謝謝許赫。

謝謝所有推薦人。

謝謝冷到要把我耳朵割掉的密西根。

謝謝密西根大學，希望你美國大學排名一路開紅盤，打敗哈佛（開玩笑的）。

謝謝羅斯商學院（很高興自動選字沒有建議螺絲），希望我明年可以喜歡你一點。

謝謝寶寶，雖然你看不懂，但謝謝你總是在我身邊。

謝謝 Squad，你們讓我永遠沒有忘記台灣的味道和友情的厚度。

謝謝學長姊熱情地幫（ㄅㄞˋ）助（ㄏㄨㄞˋ）我。

謝謝桌球社的大家。

謝謝和我一起從台灣飛到美國的四種口味火鍋湯底（謝謝阿姨）。

謝謝十八歲的自己雖然曾經皮皮剉，但還是義無反顧地起飛。

謝謝你們一字一句把我的祕密讀到這裡，我們打勾勾，這一切都要保密到家喔（笑）。

國家圖書館出版品預行編目資料

保密到家 / 段戎著 .
-- 初版 . -- 臺北市 : 聯合文學 , 2018.5
184 面 ；14.8×21 公分 . -- （聯合文叢；626）

ISBN 978-986-323-257-5 (平裝)

851.486　　107005894

聯合文叢 626

保密到家

作　　者／段　戎
發 行 人／張寶琴

總 編 輯／周昭翡
主　　編／蕭仁豪
資深編輯／尹蓓芳
資深美編／戴榮芝
內頁插畫／林敬原
業務部總經理／李文吉
行銷企畫／許家瑋
發行助理／簡聖峰
財 務 部／趙玉瑩　韋秀英
人事行政組／李懷瑩
版權管理／蕭仁豪

法律顧問／理律法律事務所
陳長文律師、蔣大中律師

出 版 者／聯合文學出版社股份有限公司
地　　址／(110)臺北市基隆路一段 178 號 10 樓
電　　話／(02)27666759 轉 5107
傳　　真／(02)27567914
郵撥帳號／ 17623526 聯合文學出版社股份有限公司
登 記 證／行政院新聞局局版臺業字第 6109 號
網　　址／http://unitas.udngroup.com.tw
E-mail:unitas@udngroup.com.tw

印 刷 廠／禾耕彩色印刷事業股份有限公司
總 經 銷／聯合發行股份有限公司
地　　址／(231)新北市新店區寶橋路235巷6弄6號2樓
電　　話／(02)29178022

出版日期／ 2018 年 5 月　初版
定　　價／ 320 元

ISBN 978-986-323-257-5 (平裝)